Marie-Claude Villa

Deux minutes pour tout dire

Nouvelles Improvisées

Édition : BoD – Books on Demand,
12/14 rond-point des Champs-Élysées, 75008 Paris
Impression : BoD - Books on Demand,
Norderstedt, Allemagne
ISBN: 978-2-322-26862-7
Dépôt légal : Avril 2022

LE TRAIN FANTOME

Paris gare du Nord, dimanche 26 juin 2019, 17h06mn. Je repère sur le tableau d'affichage l'intercité n° 12029, départ 17h30. Bizarrement, cet intercité nous attend en voie Z. Introuvable. Je cherche, je tourne, je suis un flot de voyageurs exubérants en partance pour Moscou et je finis par arriver à ma place.

Je suis inquiète. Effectivement je dois préciser : ce train n'existe pas dans l'ordinateur, c'est ainsi. Si vous le cherchez sur internet ou à une borne, vous recevrez le message « inconnu des services ». Etrange tout de même, cette non existence. Comment ai-je fait pour avoir un billet ? Et le quai Z ?

A l'heure exacte, le train s'ébranle. Cinq cents mètres après la sortie de la Gare du Nord, il s'arrête au beau milieu d'un réseau de rails en dessous, à ma gauche, à ma droite. Le jingle de la SNCF retentit « *Mesdames, Messieurs, notre train est à l'arrêt suite à une erreur d'aiguillage. Pour votre sécurité .....*».

Commence à poindre en moi un étrange mélange d'agacement, de lassitude et d'amusement tout de même. Dans le wagon, au tiers rempli, ce sentiment confus semble partagé. Des brouhahas discrets parcourent l'espace. Interrogations, inquiétudes...

De mon fauteuil, j'aperçois la butte Montmartre et son escalier dur aux miséreux.

Minute après minute je m'ankylose. Je me lève pour marcher dans les wagons. Je remonte le couloir dans un sens, dans l'autre. Je marche sur une ligne verticale, je remonte et je redescends au rythme du temps qui s'écoule, lentement.

A un moment, la porte d'un wagon s'ouvre sur l'extérieur. Je me penche, le train est arrêté dans une courbe, je ne vois ni l'avant ni l'arrière, comme s'ils n'existaient pas. Le monde est devenu un arc de cercle. Autour de nous, un No man's land de bruyère lavande, de fleurs soleil et de rails. Les trains passent en contre-bas ou en hauteur. Je les regarde, je les envie : ils sont sur leur route, eux.

J'éprouve le sentiment étrange que, sur ces cinq cents mètres, nous avons franchi une porte vers un monde parallèle. Nous sommes entrés dans un au-delà ou un à-côté. Le contrôleur nous a accueillis dans ce monde feutré. Il n'y a plus de bruit de ville hormis les saccades des trains. Les agressions sont sur les côtés, lorsqu'un rapide nous croise à très grande vitesse et à grand fracas. Nous, nous sommes statufiés sur les rails, personne ne nous remarque, personne ne nous entend. Oubliés, invisibles, sans nom, sans but, sans existence.

Le contrôleur, un doux créole, a un large sourire. Il nous compte : 280.

280 passagers isolés sur cette voie, coupés du reste du monde. 280 passagers dans un train fantôme, 280 billets fantôme. Notre train fantôme n'intéresse pas la SNCF qui demeure muette.

Dans les compartiments, par contre, la réflexion est intense. Chacun y va de sa suggestion : va-t-on le faire tirer par une motrice pour le ramener à la gare ou bien allons-nous continuer et faire un détour ?

Après quelques bruits de roulement et un cri de la locomotive, le train reprend sa route. C'est retour dans notre vie d'avant. Ni vu, ni connu, nous réintégrons notre place. A l'extérieur, personne n'a rien remarqué. Rien n'a existé. Le temps est revenu à l'heure initiale. Nous, les passagers, par contre, avons gagné 2h30 non déclarées sur notre temps de vie...

Au final il nous aura fallu 4h30 pour faire Paris-Amiens.

CRUELLE HISTOIRE
AU SECOURS MAMAN, J'AI PEUR

Le soir du 13 juillet, je fus conduite à la prison de l'Abbaye, gardée à vue jour et nuit, privée de toute intimité. J'étais donc condamnée d'abord à l'humiliation. Avant même la sentence du Tribunal.
Très vite, après que j'eus avoué mon crime, je fus transférée à la Conciergerie, dans une geôle crasseuse et puante. Je retrouvais les autres, tous ceux dont le destin était scellé, également.

Aujourd'hui, matin du 17 juillet 1793 : Tout à l'heure, je monterai dans la charrette qui m'amènera à l'échafaud. Hier, la geôlière m'a coupé les cheveux. Non je n'ai pas voulu du prêtre. Pourquoi ? je n'ai rien fait de mal. C'est la foi qui a guidé mon bras.

Le procès ? Une comédie ! Pas de procès. Pas le temps. La Veuve marche tous les jours, plusieurs fois par jour. J'entends les cris, les clameurs de joie horrifiée. Ils l'huilent même, parait-il

Enfin, non je n'ai aucun regret. Il n'a eu que ce qu'il méritait. Et encore, la mort que je lui ai offerte a été trop douce.

Une tranquille après‑midi d'été. Paris dormait, écrasée par la chaleur. L'air soulevait légèrement le rideau derrière lequel j'attendais, patiemment.

Il est venu, comme tous les jours, il s'est déshabillé. Il a offert à mes yeux sa vieille chair tannée, repoussante, pendante et purulente et il est entré dans la baignoire. Oui, soupire d'aise, toi, l'Ami du Peuple, vas‑y. Ce seront tes derniers soupirs mais tu ne le sais pas encore. Oui, lave ces mains de tout ce sang ; le sang de toutes ces têtes que tu condamnes chaque jour. Ah Marat, criminel et oppresseur, tu es à la fois terrifiant et tellement ridicule, nu dans cette eau. Tu auras beau te laver ; il est dans tes pores, il ne fait plus qu'un avec toi.

Dans mes mains, je sentais la lame du couteau. Bien affûtée. Bien large, bien longue. Je le tenais fermement. Je savais que je ne tremblerais pas. J'ai levé le bras et CLAC ! Un seul coup, comme ta guillotine, brusque, puissant.

Un sifflement, CHA... et nous passons dans les ténèbres. Non, cela ne doit pas faire mal, cela va si vite. Je sens déjà la lame qui s'approche de mon cou. Cette nuit, je l'ai vue tomber, au ralenti. Depuis, j'ai ce frisson dans le dos ; cette angoisse qui, à chaque respiration, se resserre autour de moi.

Je m'appelle Marie Anne Charlotte de Corday d'Armont. J'ai vingt-cinq ans tout juste. J'ai tué un monstre, une bête féroce, je ne regrette rien.

MEME L'ESPOIR FINIT
PAR FAIRE NAUFRAGE

Un fil de laine rouge, un fil de laine bleue et un de laine blanche. Un métier, une navette et mes rêves pour tisser les plus beaux moments.

Quels plus beaux moments ? Je tisse, je tisse depuis tant d'années. Je passe la navette et la tapisserie avance d'un rang.

Et j'attends. Je regarde par la fenêtre, au-delà de la ville, le front de mer, l'horizon, et plus loin encore. Je scrute toutes les voiles, je cours au port au moindre navire, à la moindre barque.

J'attends, j'écoute, j'épie les bruits qui remontent de la ville. Tous les matins, je guette le messager, porteur hypothétique d'une nouvelle inespérée et pourtant si désirée. Lorsque j'ai fini de tisser, je défais, je repelote les fils comme d'autres rembobinent des films pour la nouvelle projection. Et je remets sur l'ouvrage un autre rêve.

Au début, je tissais notre rencontre, au pied du Mont Bonheur. Puis j'ai tissé ton retour, tel que je l'imaginais : Ulysse, mon Ulysse, vainqueur. Je t'aime en vainqueur, Ulysse, roi d'Ithaque, parti pour Troie. Mais moi, je m'en moque de Troie.

Alors je t'ai tissé, misérable loque, mendiant affamé mais vivant, n'osant pas se présenter à moi. Tu peux arriver devant moi gueux, lépreux, cul de jatte, pouilleux, aveugle, vaincu, riche comme Crésus ou pauvre comme Job, je bénirai le ciel de ton retour à mes côtés.

Tous les matins que les Dieux font depuis ton départ, je m'en remets à eux et je tisse. Je défais, je recommence, je m'en remets à eux, je tisse... ainsi s'écoulent les jours. Tous les matins, un nouveau rêve prend forme : parfois un cyclope nait sous mes doigts. D'autres fois, c'est le tour d'une sirène ou bien une redoutable magicienne.

Je t'invente une odyssée, l'odyssée de mes rêves. Tant que je rêve, tant que je tisse, je garde espoir, je garde confiance.

Mais le fil, mon fidèle allié, s'amincit depuis toutes ces années. Bientôt, il ne sera plus assez solide pour ma tapisserie.

Et ce jour-là, Ulysse, je n'aurai plus de rêves. Rentre, dépêche-toi !

LORSQUE L'ENFANT PARAIT,
LE CERCLE DE FAMILLE S'ABRUTIT

Eh voilà, maman est de nouveau lointaine. Quand nous lui parlons, elle est à mille lieues. Elle sourit dans le vague de ses rêves et acquiesce sans savoir à quoi. Remarquez, parfois c'est pratique, nous pouvons demander et tout obtenir, enfin presque parce que papa veille au grain. Il a l'habitude.

Bref, lorsque maman est dans cet état-là, c'est qu'elle est dans un autre état : elle est enceinte. Bientôt, il y aura un petit frère ou une petite sœur, une pisseuse. Quand même, il y en a marre. Vive la ligature des trompes ! Je devrais lui mettre l'article sous les yeux, peut-être qu'elle ne sait pas.

Nous sommes quatre garçons, je suis l'ainé Vincent, huit ans. Ensuite il y a François, six ans, Paul quatre ans. Tiens, une suite mathématique numérique de raison deux. Simple, enfantine comme maman. Fallait pas lui en demander plus de toute façon. Pas plus compliqué. Et voilà que cette fois, de raison deux elle est passée à quatre, ce n'est pas raisonnable.

Mon premier frère, cela a été. Je poussais son landau vaillamment, je montais sur les genoux de maman et elle nous berçait tous les deux. Papa prenait des photos. Je posais, je gazouillais avec eux devant le sourire édenté et coquin de cette deuxième merveille du monde. Etant donné que je détiens la première place.

Quoique ... à son arrivée, je pense qu'il est devenu le premier et que j'ai été relégué à la seconde place. Mais bon, la seconde place, ce n'est pas mal, c'est même encore très bien.

Après cela a été l'accélération. Nous avons été emportés dans un tourbillon frénétique de couches, de biberons et les Oh .... Ah...... 4 kg 4 à la naissance, 55 cm, la larme à l'œil, gonflé de fierté : maman, papa, les grands-parents et tous les autres.

Et vas-y que l'on guette le premier sourire, le premier vrai rire, la première fois qu'il a dit maman. C'est alors l'extase, l'apothéose.

Là je peux comprendre. Je ne me souviens pas de la première fois où j'ai dit maman, mais elle a dû en être toute remuée. Maintenant, je l'appelle et elle ne répond plus.

Mais le soir, au repas, tous assis à partager le plat familial, il faut s'extasier sur le fonctionnement digestif du petit Paul : comme chez le docteur quoi. Mince, je ne peux plus manger. Et voilà qu'ils remettent cela, parce qu'elle espère une fille dans sa tribu de testostérones. Une squaw au milieu de sioux.

Alors, si vraiment elle est exaucée, je n'ose imaginer leur état émotionnel ! Elle sera la petite merveille, la fifille à son papa. Œdipe, tu m'emmerdes. La fifille à maman qui va pouvoir enfin jouer de nouveau à la poupée. Freud, tu m'emmerdes

Ça y est, c'est reparti. Quelle famille d'abrutis !

VACANCES A TADOUSSAC

Enfant, je me souviens, je passais les vacances d'été à Tadoussac, chez mes grands-parents maternels. Je quittais sans regret l'asphalte brûlant de Montréal et les brimades de mon grand frère. Mon train longeait le Saint Laurent par Trois Rivières, contournait Québec et puis soudain, il débouchait sur l'estuaire ; j'étais arrivée.

A l'époque, Tadoussac était encore un petit village de pêcheurs aux maisons de bois colorées, sur l'estuaire du fleuve. Là je retrouvais la maison familiale, de bois rouge, ma petite chambre mansardée, une fenêtre à guillotine, la pelouse verte qui s'étalait lentement jusqu'aux rochers et la mer.

Mes journées s'écoulaient aux côtés de mon grand-père qui pêchait sur la jetée. Je m'asseyais au bout de la digue et j'observais les mouvements incessants des baleines et des otaries

Vers l'adolescence, j'ai pris de l'assurance et ma liberté. Je campais désormais la nuit dans une tente que je plantais tout au fond du jardin, là-bas, tout près des rochers, à dix mètres du bord de l'eau.

Tous les soirs, j'avais rendez-vous avec la fièvre de la solitude, un léger frisson de peur dans le ventre. J'attendais. J'écoutais les bruits de la nuit se calmer peu à peu : le dernier appel du merle, les cris stridents d'un grillon qui s'attardait, la mer qui ne battait plus les rochers. Peu à peu, le silence s'installait et la nuit s'enfonçait dans le noir. J'attendais. J'attendais cet ultime moment, ce bref moment où le silence est absolu comme si toute vie s'est retirée de la terre. Là, dans cet espace-temps qui n'appartenait qu'à moi, soudain, comme surgi des profondeurs, s'expulsait un souffle à la fois doux et puissant, régulier, menaçant et rassurant ; des souffles qui se mêlaient à l'unisson. Chaque nuit, à ce moment exact de silence, les baleines glissaient le long de la côte, à quelques mètres des rochers, tout près de moi. J'attendais leur passage, elles venaient me saluer.

Ce souffle m'apaisait, me reliait à la vie, initiale, primitive, ce lien que j'avais eu pendant neuf mois, protégée. Il me nourrissait d'énergie vitale. Moi sur la terre ferme dans ma tente, elles à vingt mètres à fleur d'eau. Ce souffle nous rassemblait, elles et moi, nous étions en résonnance. Toutes les nuits, elles déposaient une caresse que je venais chercher. Je m'endormais, tranquille.

A l'aube, un dernier rendez-vous... Avant même que la nature proche s'éveille, je me faufilais sur les rochers, le regard fixé sur l'horizon, essayant de déjouer les nuages et les flots tumultueux. Là encore, j'attendais un passage, silencieux cette fois. Jouant avec les flots, silhouettes blanches fragiles, cachées, apparentes, cachées, apparentes, cachées... Les bélugas s'éloignaient furtivement.

Tadoussac, « je me souviens ».

MON AVENTURE AMOUREUSE

J'avais écrit son nom sur la plage.... Les vagues l'ont effacé.

J'avais d'abord écrit un beau J majuscule, un J plein de souplesse et de déliés... un J qui s'enroulait et se déroulait, qui riait, comme lui. Le J de joyeux. Parce que mon homme, il était joyeux, toujours. C'était la joie de vivre. Déjà au bas de notre côte, lorsqu'il commençait à la gravir le soir, pour rentrer à la maison, j'entendais son rire et ses cris de joie. Je dévalais la pente jusqu'à lui, il me soulevait du sol et me faisait tourner à toute vitesse et nous riions tous les deux.

Après le J, j'avais dessiné un U ; un beau U minuscule, tout en rondeur. Le U de Unique, oui, parce que mon Homme, il était unique. Pas deux dans son genre et c'est pour cela que je l'avais épousé. Il était unique à mes yeux. Au bal du 14 juillet, tous les regards se portaient sur lui et j'étais fière à son bras. Fière d'être sa femme. D'être à lui.

Ensuite il y a eu le L à écrire. Oh, un l minuscule mais quel l !!! le L de libre... Parce que mon homme c'était un homme libre, trop peut-être ? Il se permettait tout dans sa vie, pas de limites, pas de frontières, pas d'états d'âme ; ses choix étaient nos choix. « Qui m'aime me suive » disait-il.... Et je suivais....

Puis il fallait s'acheminer vers la fin de son prénom.

Alors j'ai dessiné un e, un tout petit e, mystérieux, énigmatique. Parce que mon homme c'était une énigme pour moi. Il disparaissait pendant des semaines, parfois des mois. Il me disait que c'était pour son travail mais je ne savais rien de plus. Un vrai mystère... Je me racontais qu'il était espion. Enigmatique, espion... un espion sur le front du nord, du sud, de l'est, de l'ouest ou méridien peu importe. Un espion du monde. J'étais fière, apeurée mais fière de lui.

Finalement, j'ai dessiné un s, un s timide, enroulé sur lui. Un s de seule, parce que mon espion, un jour, la police est venue le chercher devant moi et il est encore parti mais cette fois pour longtemps. Pour trop longtemps ai-je trouvé.

Alors j'ai laissé les vagues effacer son prénom, Jules... et puis j'ai écrit Jim... et le tourbillon de la vie a repris.

UN MORT,
C'EST SOUVENT PLUS BAVARD
QU'ON NE PENSE

Il est proche de minuit, c'est le grand silence dans le bâtiment de béton. Au troisième sous-sol, dans son laboratoire, le docteur David Parker s'agite tout seul, sa grande blouse blanche tourbillonne autour de lui. La nuit est son moment favori, il peut se laisser aller, n'attache plus les boutons, prend le temps de griller de temps à autre une cigarette. De toute façon, autour de lui, il n'y a que des corps refroidis. 8 au total, dans les cellules réfrigérantes. Alors, oui, ils ne craignent plus rien. Aucun d'entre eux ne lui fera de remarque sur son laisser-aller, sa peau mal rasée, la fumée qu'il recrache. Dieu merci, Deborah, son assistante, n'est pas là. Bref, en ces moments, David jouit d'une paix royale.

Au fond du laboratoire est dressé un lit de camp. Vers la fin de nuit, il ira prendre quelques heures de repos, comme il le fait régulièrement. Pas de compte à rendre, à personne.

David Parker est un éminent médecin-légiste, plutôt surprenant par son allure débraillée, mais reconnu. Ce soir, son client est un peu particulier. Un cas difficile. Et ce soir, David, bizarrement, est fatigué. Il recherche dans son téléphone sa play-list des soirs d'astreinte, branche son enceinte Bluetooth et Carmina Burana éclate dans la pièce confinée. Il éclaire tous les spots lumineux, soulève le drap qui recouvre le corps allongé sur la table en inox.

« Salut Billy, murmure David. Y avait longtemps que je t'attendais. Tu ne venais pas ... et là, enfin ... Pourtant j'en ai découpé et sondé des mecs que t'avais butés. T'es balèze quand même. Putain, tu vas enfin me montrer ce que tu as en tête. Je vais enfin savoir comment t'es constitué... comment t'as fait pour m'envoyer toutes ces victimes. Un mort, c'est souvent plus bavard qu'on ne pense ».

Scalpel, bistouri, scie d'autopsie, burin. Tout est prêt sur la paillasse. Il rase soigneusement le crâne de Billy, incise l'occiput dans sa largeur, dépose délicatement la boite crânienne et plonge ses mains gantées pour saisir le cerveau. Le sang gicle en un geyser fugace mais puissant. La blouse blanche du médecin se retrouve instantanément maculée de coquelicot. Merde, Deborah va encore l'engueuler demain matin. « Putain c'est pas croyable, pense-t-il. Font chier ces femmes ».

Il ajuste la loupe binoculaire éclairante 5000 lux au-dessus de la masse de chair qu'il a posée sur la paillasse. Avec la pince brucelle et la sonde, il farfouille dans le magma, cherchant les connexions mystérieuses de cet individu démoniaque. « Ça alors, il a chopé le Kreuzfeld Jacob ».

Levant son regard vers le miroir, ses yeux brutalement s'horrifient. Putain, il n'a pas mis de masque chirurgical. En raison de ce foutu corona-virus, le laboratoire n'a pas été livré. Ça y est, cela en est fini pour lui, Il disparaitra avant que Billy ne parle. Putain, s'il avait écouté Deborah, pauvre con, il l'aurait invitée à boire un whisky au Madison Club, ensemble ils auraient écouté du jazz dans une ambiance douce et enfumée et il l'aurait emmenée chez lui.

Maintenant, Deborah, c'est du passé. Décemment, il ne peut pas la fréquenter.

PRIERE DE FEMME DE MARIN

Le soleil pâle s'est éclipsé sur l'horizon et la pénombre de l'hiver est tombée dans la vieille maison de granit. Le vent a changé brusquement de direction et sa vitesse s'est accrue. Les premières gouttes ont craqué sur les ardoises du toit. Dans sa cuisine, elle a allumé la lampe pour les enfants, mis la soupe au chaud sur le poêle et elle est sortie, sans bruit.

Le grain est là, tout proche. Dans quelques minutes, l'orage éclatera, sera bref mais d'une rare violence. Les bateaux ont dû rentrer, pourvu qu'ils soient tous là, mon Dieu !

Elle remonte la ruelle pierreuse, se dirige vers le port de pêche et machinalement les compte. Déjà les vagues débordent sur le quai. Elle poursuit sa route jusque vers les brisants, elle a reçu l'appel.

Là-bas, au bout de la digue, rectiligne de blocs de pierre empilés sur une centaine de mètres, on devine sa frêle silhouette protégée d'une cape, le corps dressé face à la mer déchainée. Parfois elle disparait, cachée par les jaillissements du liquide enfiévré, comme des geysers gigantesques qui surgissent sur le flux, se tendent vers le ciel dans un souffle ultime et retombent désespérés pour s'emparer des rochers. Les lames d'eau s'abattent violemment sur elle, tourbillonnent autour de ses jambes et, sur le ressac, se retirent dans un gémissement douloureux.

Elle, chose insignifiante, seule face à la fureur des flots. Elle oppose sa tête à la bête marine. Défiant la colère divine, elle appelle tous les saints par leur prénom et les regroupe autour d'elle.

Affronter ces tempêtes, c'est son combat, sa résistante silencieuse, son cri d'injustice, sa rage déterminée. Cinq longues années déjà qu'il a disparu en mer, par une nuit de désordre fracassant où ciel et mer n'ont fait qu'un, esprit noir, tourmenté et tumultueux. Des vagues de vingt mètres ont englouti l'embarcation, pieuvre géante, créature mythologique qui aurait serré ses bras interminables et puissants, comme la main d'homme se referme en étau autour d'un château d'allumettes et l'explose, littéralement. Etreinte inégale, ne laissant aucune chance de survie.

Lui, son compagnon de marin, ne luttant plus, laissant ces masses d'eau impétueuses soulever son cercueil et le lâcher dans le vide, apoplectique, avant de le reprendre, inlassablement, des heures durant, pour l'offrir au dieu impitoyable de l'océan.

Oh Sainte Anne, Mère des femmes de marins : à la colère divine j'oppose ma rage de femme, d'épouse, de mère. Je lève mon poing vers toi, le ciel.
Oh Sainte Anne, Mère des femmes de marins, puisses-tu disparaitre avec eux !
Je hurle la douleur d'avoir perdu un être bon et que j'aimais. Je refuse d'admettre le risque quotidien. Je pleure sur ma solitude et pourtant je continue d'avancer, d'engendrer des garçons, des hommes qui, à leur tour, se battront contre la furie marine pour nourrir leur descendance.

DU RIFIFI DANS LA SALLE DE JEUX

Minuit sonne à l'horloge du grand salon. La nuit est profondément noire, la maison silencieuse craque parfois. Le feu dans le poêle s'assoupit paisiblement. Depuis longtemps, les enfants ont fermé leurs paupières sur leurs rêves agités. Tout est tranquille.

Pourtant une oreille exercée pourrait percevoir comme le sautillement léger d'une petite souris sur le parquet, une agitation discrète mais certaine dans la salle de jeux, juste au-dessus de la cuisine.

Les seins moulés dans un blouson de sky rose, le jean slim à mi mollets et les pieds chaussés de Louboutin de plastique rose également, taille 2.0, Barbie secoue frénétiquement sa longue chevelure hyperoxydée. Elle est en rage la blondasse et lorsque Barbie pique sa colère même Ken se planque derrière le coffre à jouets, histoire d'éviter les projectiles inattendus.

Ce soir, la tigresse a saisi la raquette de sa main gauche, une balle de ping-pong dans la droite et la projette avec une régularité inquiétante sur le mur de sa maison de bois. Cette fois a été la fois de trop, la goutte d'eau ultime qui a fait déborder sa jolie piscine.

6ème fois en quinze jours qu'elle a fini la journée habillée en bimbo à l'arrière du train électrique, lequel a effectué systématiquement cinq tours de circuit en sifflant comme une alarme infernale. Le tout manœuvré par ces deux sales morveux de gosses qui se mouchent dans leurs doigts et s'essuient sur... sur... n'importe quoi... bref partout.

Et ce putain de train, oui toi, je te parle, le train, alors ne fais pas tes grands yeux interloqués. Ce p... de train tourne à toute zingue, à lui en donner la nausée et elle reste là, au moment du couvre-feu, oubliée sur la banquette arrière et devant faire bonne figure, dès le lendemain, au retour des deux lutins monstrueux, les mains encore barbouillées du petit déjeuner.

Si seulement, si seulement elle pouvait, ne serait-ce qu'une fois, mettre ses poings sur leur abominable frimousse, planter ses ongles de celluloïd manucurés, rose of course, dans leurs joues tendres et délicates. Flûte, tout cela est injuste. Et Ken qui reste là, dissimulé par le tas de marionnettes de tissu, les bras ballants, attendant que l'orage passe. Qui c'est qui m'a fiancée à un abruti pareil ?

Un petit grognement réprobateur s'échappe du grand panier d'osier. Une tête bouclée, hirsute au regard ensommeillé, apparait. « Oh you're talking once more ... et je te pulvérise façon puzzle. » Foi de Teddy Bear.

Et subitement, le silence.

DIALOGUES
IMPROBABLES ET CONSTANTS

Elle : Arrête-toi s'il te plait

Moi : ...

Elle : Oui ; toi, là-bas. Arrête-toi. Retourne-toi à dix heures : tu me vois ?

Moi : ...

Elle : Tu me reconnais ?

Moi : ???

Elle : Regarde, regarde-moi bien. Que vois-tu ? Décris-moi.

Moi : je vois une jeune fille d'une quinzaine d'années, probablement moins.

Elle : Peux-tu être plus précise ?

Moi : Bah, plutôt grande avec les rondeurs de l'enfance encore. Des cheveux châtains, à longueur d'épaules, lisses et fins, une frange courte. Des couettes peut-être. Oui, plus jeune tu devais porter des couettes.

Elle : Gagné ! Décris-moi encore.

Moi : Un visage plutôt rond du fait de bonnes joues. Le nez, pourtant, est fin lui, long et fin ; très présent quoi.

Elle : Ah ce nez ... Si je pouvais ...un peu de chirurgie esthétique.... Mais encore ?

Moi : Encore ? Une bouche raisonnablement grande et les dents du bonheur.

Elle : Horreur

Moi : Je continue : des yeux vert noisette. Ils ont été rieurs, mais là, c'est trop sérieux tout cela.

Et toi ? Décris-moi s'il te plaît. Que vois-tu ?

Elle : Une femme, mûre quand même. Des yeux vert noisette, des cheveux châtains assez courts et flous, un nez long et fin posé dans la longueur du visage. Peu de joues sauf dans le rire ; des rides au coin des yeux... et ailleurs. Réservée mais pas toujours. De taille un peu au-dessus de la moyenne.

Moi : ...

Elle : Imagine, imagine qu'un jour cette femme mûre croise son double dans la rue. Son double avec trente ans de moins par exemple. Tu crois qu'elle réagirait comment ?

Moi : Oh, cela lui est arrivé, il y a une quinzaine d'années, dans une rue de Collioures. Au détour d'une traverse, elle a croisé son double de vingt ans de moins. Elle s'est arrêtée sans un mot, un bref instant, une éternité depuis. Elle a fixé son image. Une émotion est remontée des profondeurs, une onde qui l'a traversée des pieds à la tête lui coupant net la respiration.

En une fraction de seconde, face à face avec elle-même : elle s'est vue à droite à treize ans, à gauche à trente-huit ans, en même temps. Un dédoublement temporel terrifiant, un passage fugace dans un espace-temps parallèle. Le sentiment que rien ne pourrait être refait, que tout était joué dans sa vie.

Depuis, cette image est toujours là, inscrite en elle. La jeune est là, adolescente éternelle et elle, d'année en année, s'en éloigne de plus en plus.

CHICAGO, ALBUQUERQUE
« UNE LONGUE ROUTE T'ATTEND,
BEBE »

Cela fait quatre jours que je la surveille, sans relâche, sans sommeil. J'épie tous ses faits et gestes. Le matin, elle ouvre sa porte, se rue sur le gamin qui vend le Chicago Morning Post, lui jette une pièce, parcourt fébrilement le journal, respire et rentre. RAS, sa journée de travail va commencer, normalement.

Aujourd'hui, mardi, même manège, mais je suis prêt. Hier soir, à la rédaction dans une fièvre intense, la Une a été bouclée, les ronéos ont tourné toute la nuit et ce matin …. Salomé déplie son exemplaire, s'arrête de respirer, vacillante, son corps se tasse. Le journal sous le bras, elle rentre dans la maison. Arrêt sur image … assis dans ma vieille Ford, je l'attends.

Elle ressort vingt minutes plus tard, une petite valise de cuir souple à la main, s'engouffre dans le taxi qui vient de stopper devant sa porte. Je la suis, elle se fait déposer devant l'Union Station gare centrale de Chicago. D'un pas assuré, elle se dirige vers le quai où stationne l'Amtrack Southwest Chief, grimpe dans la voiture 293. Je me précipite à sa suite, harponne un contrôleur, présente ma carte de presse et achète hâtivement un ticket. Pour où ? Que lui répondre ? Qu'a-t-elle en tête ?... A défaut, je demande le terminus, Los Angeles.

Je la rejoins dans le compartiment C de la voiture 293. Nous sommes tous les deux, c'est tout. Nous resterons tous les deux durant tout le trajet, j'ai payé pour cela. Elle est assise dans le sens de la marche, un chapeau noir à large bord cache ses yeux et une partie de sa chevelure blonde. Je distingue sa bouche ourlée, un rouge à lèvre franc, brillant. C'est vrai qu'elle est belle, sublime, malgré tout. Une robe noire également, cintrée, discrète, col claudine, manches longues. Elle a croisé ses jambes. Sur le fauteuil, elle a posé le journal replié mais je peux apercevoir une partie du titre de la une, cette fameuse une qui a fait sortir la louve de sa tanière. Elle compulse des papiers, je reconnais la minute du procès.

Sur le quai, derniers cris essoufflés de voyageurs retardataires, sifflements de la mécanique, lentement le train s'ébranle et nous emporte vers l'ouest. Où va ⁻t⁻elle descendre ? Qu'a⁻t⁻elle prévu ? J'ai le temps de cogiter, dans le vide. Parfois elle lève la tête et regarde l'immensité des paysages défiler, les champs de blé à perte de vue. Le train passe le Mississipi, se faufile dans des canyons tortueux.

Dans ma tête, je parcours mon article, je le connais par cœur. Aujourd'hui, ce mardi 18 mai 1975 à 18h45, Norman G. sera exécuté dans la prison de Jackson, à Kansas City, Missouri. Norman G. aurait pu avoir la vie sauve. Norman G. n'était pas coupable, pas coupable au point de terminer dans les couloirs de la mort. Mais Salomé, à la barre, a posé la main sur la Bible, a juré et... a parjuré, ses grands yeux bleus azurés, mouillés, sa voix légèrement roque et dans un souffle, ses mouvements de corps, légers, tendus vers les jurés, attendris, charmés.

Salomé a joué de sa carte maîtresse et elle a sorti le grand jeu. La grande classe, championne toute catégorie. Ils n'y ont vu que du feu, les vieux cons. Moi, j'ai compris mais je ne peux rien prouver. Salomé... Chalom ... paix en hébreu....

A 19h15, le train s'arrêtera en gare de Kansas City. Elle ne tournera pas le regard vers la ville. Maintenant que le sort de Norman est réglé, elle peut partir tranquillement ; démarrer une nouvelle vie.

Je surveille de temps à autre ma montre, je veux scruter l'expression de son visage, à 18h45 exactement, pour être sûr. Je veux saisir dans ma boite son regard, ses traits, lorsque Norman recevra l'injection létale.

A l'heure dite, comme mue par une force inconsciente, elle a levé la tête brusquement, les yeux grands ouverts, le regard droit. Une fraction de seconde puis ses traits se sont détendus, sa bouche a esquissé un sourire libéré, elle a rejeté son visage en arrière, rangé ses documents dans la valise, allumé une Virginia Slims (You've come a long way, baby) et ouvert son magazine Vogue. Elle n'a même pas vu mon Leica.

J'aurai ma Une pour demain. Si je ne le fais pas, Salomé disparaitra dans l'oubli, Norman avec. Je le fais pour lui, Norman c'est mon frère. Elle est descendue à Albuquerque, au Nouveau Mexique. J'ai filé jusqu'à L.A.

JE VOUS SALUE ANNA

Le samedi 24 mai 1952, année bissextile, c'était les inondations à Castelsarrasin. Ce 24 mai 1952, à Palavas, décéda Anna M., à l'âge de 63 ans.

Fille de Jean M., dit Caquet, et de Caroline H., Anna est née le 9 juillet 1888 à Villeneuve lès Maguelone. Elle aura deux frères, Frédéric-Jacques et Etienne qui sera pêcheur à Palavas. Le 22 juillet 1920, à trente-deux ans, Anna épouse Joseph-Denis Martin, à Palavas les Flots. Pour lui, c'est une seconde noce. Joseph-Denis est pêcheur, également. Ensemble ils auront une fille, Mireille-Gabrielle Martin, née le 3 juin 1922 et a priori encore vivante à ce jour.

Anna sera inhumée le mercredi 28 mai ; elle repose tranquillement au cimetière de Palavas les Flots.

Sur la rive gauche du canal et érigée en 1896, l'église de pierre blanche repose en place et lieu de l'église de planches. L'abbé Pierre Laporte qui réclame sa construction écrit à l'Evêque de Montpellier « *Que cette église, Monseigneur, soit un phare lumineux, un abri, un asile tutélaire pour mes chers paroissiens, pour les chrétiens nombreux qui viendront chercher à Palavas le délassement, la fraîcheur, la santé.* » Bâtiment simple, de style néo-roman, l'église Saint-Pierre ne possède qu'une unique nef avec une simple tribune dans le fond et 10 rangées de bancs.

En ce mercredi 28 mai 1952, ils sont tous là dans l'église, pour accompagner Anna dans sa dernière demeure terrestre : son époux Joseph et sa fille Mireille, sa famille, les très proches, les pêcheurs de Palavas et les vieilles raccommodeuses de filets.

Au cours du service, la porte s'ouvre discrètement, silencieusement. Un jeune homme en costume sombre, entre et ôte son chapeau. Il est grand, beau. Il cherche une place des yeux, il ne veut pas qu'on le remarque. Il ne connait personne, il ne connait plus personne et plus personne ne le connait.

Il se glisse sans bruit sur un banc. Plus de vingt ans qu'il n'a pas revu Anna. S'est-elle souvenue de lui toutes ces années ? Certainement. A -t-elle eu une dernière pensée pour lui ? Peut-être. Il n'ose l'espérer.

Lorsque les voix se taisent, un faible gémissement se développe, doucement d'abord, puis avec force croissante et lancinance. Le jeune inconnu a glissé sur le repose-pied et se retient sur le banc du devant. Son grand corps recroquevillé est parcouru de tremblements convulsifs qu'il ne peut empêcher. Un long cri, primal, originel s'échappe de lui, incontrôlable. Il restera ainsi prostré, longtemps. Sa douleur sera respectée, dans le silence.

Cet homme, c'est Simon Raymond. Il est né le 31 Juillet 1927 à Montpellier, de Georges V, gynécologue et Anne-Marie, sage-femme. A sa naissance, il est placé en nourrice, à Palavas, dans la famille de Joseph-Denis Marin.

Il sera élevé dans sa petite enfance par Anna; elle sera sa mère, sa nourrice, sa source de vie. Son amour. Il aura une sœur de lait, Mireille-Gabrielle. Légèrement plus âgée que lui, elle lui apprendra à courir sur le sable, à jouer avec les crabes et avec les vagues. Sa sœur, Mireille-Gabrielle, ses rires, ses joues roses.

En 1930, lorsqu'il aura trois ans, Anne-Marie, sa mère biologique, viendra le chercher pour le ramener avec elle à Montpellier, rue de Verdun. Là, il fera connaissance de son demi- frère ainé, René, lui aussi placé en nourrice pendant sept ans à Bagnères de Bigorre. (Anne-Marie était fille-mère). En 1931 naitra la petite sœur, Jacqueline.

Simon, brutalement arraché à la douceur maternelle d'Anna, à ses bras ronds et chauds, à ses seins confortables et généreux, ne reverra jamais sa mère nourricière : la résilience lui fera en partie défaut. Il grandira comme il pourra, au 25 rue de Verdun. Il n'en parlera jamais, on ne lui en parlera pas non plus.

Jusqu'à ce 24 mai 1952, où son père, Georges lui annoncera la mort d'Anna. Anna, Georges la connaissait bien, il l'avait accouchée en 1922 de Mireille. La famille Marin avait offert des poissons, parce que les pêcheurs ne pouvaient pas payer le médecin. Et que c'était la coutume à l'époque.

DEROUTE SUR LE TERRAIN

Alors les gars ? Vous vous êtes vus ? Vous m'avez fait quoi pendant quarante minutes ? Vous vous croyez déjà en troisième mi-temps ?

Non mais vous savez ce que vous êtes en train de jouer là ? Le match de votre vie ! Putain c'est pas croyable ! Vous venez de gagner les cinq matches précédents, vous êtes à quatre-vingt minutes de faire le grand chelem ! Et ... et vous voyez comment vous avez joué ? J'ai quoi moi pour mener la France à la victoire ? Une équipe de minables ! Oui ... des molasses ! Vous avez vu votre mêlée ? Vous l'avez vue ? En face de vous, 950 kg de muscles, oui j'ai bien dit 950 kg, pas de cerveau non, de muscles. Bordel ! Vous, vous offrez quoi ? .... bande de femmelettes ! 50 kg chacun tout mouillé ! Evidemment vous vous êtes faits ramassés, débordés de tous les côtés. Ils attaquent les Anglais ! c'est la stratégie de l'offensive eux ! les escargots, ils les bouffent pas, ils les écrasent !

Dites, c'est France-Angleterre, pas France – Italie ! vous avez quoi dans le slip ? Hein ? vous avez quoi ? RIEN ! Ah il est beau le maillot rose de l'équipe de France ! Putain, les grenouilles ils jouent l'offensive sans arrêt ! Ils plaquent ! Eh bien PLAQUEZ ! Bougez-vous le cul bon sang ! A l'attaque ! Aux jambes ! Il faut les mettre à GENOUX les rosbeefs, qu'ils bouffent la pelouse !

A la deuxième mi-temps, les essais, faut me les transformer ! Faut vous passer la balle, putain ! Faut monter sur les actions, jouez collectif et intelligent les gars. J'en ai trois sur le banc qui n'attendent que ça … prendre votre place !

Là, on va retourner sur le terrain. Je veux pouvoir regarder leur entraîneur dans les yeux et qu'il pleure, qu'il tremble, qu'il transpire, qu'il comprenne « attention, les Français, ils arrivent, ils sont là » !

REQUIEM FOR A DREAM,
FANTAISIE MUSICALE

Il fait pivoter sa tête devant la glace. Dans le reflet, il observe d'abord ses costumes sur le portant. Cinq costumes gris souris, un par soirée. Seule note gaie qu'il s'autorise : la couleur du nœud papillon, selon son humeur. Sur le mur, quelques cartes d'admiratrices, aujourd'hui vieilles groupies surannées, glanées à tous les recoins du monde. Son regard se porte enfin sur son visage, taciturne et las. Juste, juste ses yeux bleus, brillants, seuls témoins de vie. Cette lueur d'avant concert, qu'il connaît si bien.

Posé sur sa coiffeuse, un petit coffret de cuir bordeaux. Il l'ouvre, en retire sa baguette et se glisse hors de sa loge. Il évolue dans l'obscurité, ses pas le portent vers l'auditorium. Il se repère aux couinements des lattes du vieux parquet, aux odeurs âcres de naphtaline des rideaux de velours. Ses pieds sont familiarisés avec toutes les aspérités du sol. Seule la musique dans sa tête le guide, les premières notes du concert.

Concentration, inspiration, respiration, le bois doré de la porte de la salle et arrêt dans la lumière. Il ferme les yeux, attend les applaudissements de son orchestre et du public qui saluent systématiquement son entrée et le soulèvent jusqu'à son pupitre.

Pourtant, ce soir, pas un bruit, un silence implacable. Une étrange et pressante douleur l'envahit. Eberlué, il cherche ses musiciens. Où sont-ils ? Et le public ? Invisible. Le vaste espace est vide, et pourtant surpeuplé. Les instruments sont posés çà et là : les clarinettes et haut bois sur les pupitres, les violons sur les chaises, au sol les poids lourds, les percussions.

Le sol vacille sous ses pieds, Instinctivement il relève la tête : les douze statues des grands maîtres, colosses de pierre, l'observent. Elles le scrutent intensément puis l'accompagnent dans le tourbillon vertigineux qui s'empare de lui. Bartok le pousse violemment en avant, Tchaïkovski et Schönberg lui jettent un regard sans compassion. Manuel de

Falla, Smetana, Boulez, Stravinski...
tous sont là, tous le surplombent et
l'encerclent, menaçants.

Dans l'orchestre, cela s'agite. Lui
retient son souffle comme le silence
retient le bruit. Les premières notes
s'envolent. Son 1er violon s'anime et
l'archet s'élève gracieusement dans les
airs. Mus par une même impulsion,
tous les instruments se redressent et le
concert débute.

Ce soir, il devait offrir son dernier
concert à son meilleur public.
Ce soir, tout lui échappe. Ce soir, les
compositeurs l'exécutent sur l'autel
du sacrifice. Lui, ce chef remarquable,
gigantesque et dur, le plus redouté, le
plus audacieux. C'est lui qui a osé
détourner, remodeler, recomposer, mais
qui a toujours respecté pourtant, enfin
...lui semble ·t·il. Lui qui croyait la
perfection atteinte de son vivant.

Le programme s'affiche sur
l'écran numérique. Il est effaré, terrifié.
Sa mort, oui ils veulent tous sa mort.

Danse macabre de Saint Saens
Tombeau pour Monsieur de Sainte Colombes
de Marin Marais
WarRequiem de Benjamin Britten,
Missa pro defunctis

Il perd pied. Son salut ? La fuite. Où est la porte ? Les instruments en mouvement derrière lui fouettent l'air. Il les sent avancer dans son dos, resserrés dans l'excitation et le chahut. Suant, pantelant, il dévale l'escalier ; 98 marches douces qui mènent jusqu'au seuil de l'opéra. Alors qu'il arrive au portail plein d'espoir, les battants se mettent en branle et le repoussent comme un flipper géant. Il est projeté à la quarante-huitième marche et s'écrase au sol. A moitié assommé, il se relève et s'élance à nouveau. Inlassablement il est renvoyé avec brutalité sur les marches où l'attend l'armée sombre des bois, cuivres et cordes. Ses tympans explosent, son cœur s'asphyxie.

A 00h03 il s'écroule, misérable et en lambeaux sur la 7ème marche.

Requiem æternam dona eis Domine et lux perpetua luceat eis

THIS LAND IS MINE

CETTE TERRE EST MIENNE

5 mai 1936, c'est fini pour eux. Ils sont assis au bord du champ. Quel champ ? une étendue de terre, à perte de vue. Le ciel est laiteux, le reste gris : gris la terre et les cailloux, grises les rares touffes de blé qui ont survécu. Gris également les deux hommes accroupis, silencieux, recouverts d'une poussière lourde.

Le plus vieux, c'est Ed, Ed Jackson. Il est arrivé dans l'Oklahoma, à Guthrie, le 22 avril 1889 à vingt-quatre ans, après avoir fui la misère industrielle de la Nouvelle Angleterre, animé d'un espoir infini, les yeux plein de rêves. Il faisait partie des milliers de colons qui s'installèrent en masse dans le centre du pays. « Premier arrivé, premier servi » … Il avait repéré une parcelle et s'était jeté à corps perdu dans la course. Deux heures plus tard, il plantait son écriteau « this land is mine ». Une vie nouvelle pouvait commencer.

Sa terre ? Une prairie où paissent des bisons, des sols légers, peu de pluie, des vents forts. Drôle de terre promise. Mais le gouvernement encourage la sédentarisation et l'agriculture, les machines-outils allègent le travail des fermiers. Alors Ed va suivre le courant, il va labourer, planter – des céréales surtout- récolter, année après année, remettre cent fois sur l'ouvrage son dur labeur. Miracle, l'eau est là qui tombe du ciel généreux sur cette région inhospitalière : jusqu'à moins quarante degrés certains hivers et plus quarante degrés l'été. Cela va durer plusieurs décennies. Ed construit son présent et son futur : une ferme simple, en bois, solide, une famille, des moissons abondantes. Toute la vie se transforme sous un soleil radieux. Jusqu'à la Grande Dépression des années 30 où brutalement la pluie stoppe et le vent survient.

Un matin, Ed sort de la ferme et remarque la puissance intense du soleil et la violence extrême du vent. La ligne habituellement nette de l'horizon se perd dans un amoncellement de nuages noirs, un nuage de guerre, un temps de destruction. Cette vague sombre remonte en tourbillons vers ses terres, se déplaçant rapidement sur des centaines de kilomètres. Sur la plaine, rien ne l'arrête. A chaque instant, elle se charge en sable et particules en suspension. L'air se raréfie très vite ; la poussière s'infiltre partout, dans les jeunes pousses de blé, dans les jointures des planches en bois, dans les yeux, dans les narines asséchant les poumons. Il n'a que le temps de mettre sa famille à l'abri dans la ferme, en priant le ciel. Au bout de 24 heures d'assauts, la couche de terre arable est arrachée, les cultures et pâturages dévastés, le bétail terrassé.

Certains fermiers partent pour l'ouest, vers la Californie, les villes se vident en partie, bars et magasins ferment.... « To let ». Ed, lui, choisit de rester, conservant l'espoir de jours meilleurs. C'est sa terre, il a construit sa vie ici.

C'est le début d'une interminable période de sécheresse et de vents dévastateurs. A chaque fois, il faut désensabler le matériel et les habitations, nettoyer les terres, replanter. Pourquoi ? A quoi bon ? pour perdre la récolte à chaque printemps. Il lutte sans une plainte pendant cinq longues années. 1931 – 1936. Son fils, Ed junior, le seconde, chaque jour que Dieu fait, pendant tout ce temps. Le capital qu'il avait pu mettre de côté durant la douce époque est emporté dans l'achat de graines, le remplacement des outils. Très vite, ils renoncent à reprendre du bétail. Pas de récoltes, pas d'argent. Point. En deux ans, Ed perd ses deux derniers enfants, maladie du poumon. La famille est exsangue.

5 mai 1936. La tempête de la nuit dernière a eu raison de l'exploitation. Le courage a déserté leur cœur. Ce matin, ils sont assis au bord d'un champ de désolation. C'est un combat vain, inhumain et au-dessus de leurs forces désormais. Ils ne replanteront pas. Ils sont d'accords, Ed junior partira rejoindre les autres, à San Francisco, pointer aux allocations chômage.

Ed, quant à lui, s'est résigné : Il ne lâchera pas cette terre qui l'a abandonné.

Il est plein midi, plein août dans le Missouri, Etat du Midwest. La petite ferme en bois est toute pimpante. Josie attache un point particulier à son entretien.

L'an passé, elle a changé les ardoises du toit. Ce printemps, le blanc écaillé des planches de bois a été lavé, poncé, couche d'apprêt et blanc radieux sous le dur soleil d'été. Sacrée bout de femme Josie, le pinceau, le pick-up, les moissons... elle mène tout, ou presque.

Comme tous les jours, au loin, l'angelus sonne ses triades de tintons. Autrefois, il rappelait aux ouvriers des champs le moment de la prière, du recueillement. Il était temps de faire une pause, de souffler, de lâcher les faux, de laisser les ballots et de partager le contenu des besaces. Plus de 150 ans que l'angelus règle la vie de la communauté. A l'aube et aux deux repas.

L'angélus de midi, pour Josie, c'est le signal de la journée. Elle y obéit comme un réflexe de Pavlov. Elle ouvre la porte et se met sur le perron. Devant elle, et à perte de vue, du blé, blond, sec, qui chante et ondule sous le vent. Elle l'a laissé gagner du terrain. Désormais, c'est jusque devant l'entrée qu'il pousse. Il a recouvert l'allée, étouffé les bosquets, avalé le jardinet. La maison est comme posée sur une immense étendue de blé, encerclée. Il tient ce monde à sa merci.

Ce blé, elle ne le voit plus. Machinalement, deux à trois fois dans l'année, elle le coupe. Il se requinque et progresse à nouveau. Josie ne lutte pas contre lui. Elle a lâché prise depuis longtemps. Au fond, c'est mieux d'être son allié, au blé. C'est moins fatigant.

Non, tous les jours à midi, Josie ouvre sa porte et attend. Quoi ? Qui ? elle est belle Josie, très belle. Elle a la beauté sensuelle, épanouie, de la maturité. Comme le temps, elle est au midi de sa vie, Josie. Elle prend soin d'elle, tous les jours. Brosse ses longs cheveux ondulés, blonds, enfin blond blanc maintenant. Un rouge discret sur les lèvres, un léger trait de crayon sous ses yeux clairs. Nue, peau laiteuse, seins lourds sous son déshabillé de soie, bleu, bleu d'Afrique, souvenir d'une époque où les noirs étaient importés.

Que fait-elle en déshabillé, tous les jours, à midi, sur le pas de sa porte ? A quoi pense-t-elle ? Tiens, l'hiver prochain, les rideaux des fenêtres du haut, les fenêtres en chien assis, elle va les changer. Un petit liberty, elle en a vu en ville, dans les vitrines. C'est frais, c'est joli, gai le liberty. Il aimera, c'est évident.

Josie et Bob vivent dans cette ferme. C'est celle de Bob. Il a rencontré Josie à Chicago lors d'un déplacement à la foire agricole, pour acheter un nouveau tracteur. Le coup de foudre. Elle l'actrice de seconde zone d'un théâtre poussiéreux, lui fermier solide, rêve américain. Un amour fou, dans cette ferme, entre épis de blé et petites fleurs de printemps.

Il y a cinq ans, Bob est parti au village, il avait encore oublié d'acheter ses cigarettes.

SOUS CLOCHE

Je suis née à Rottingrad en 1965, sous l'ère Vladim. Ne cherchez pas à calculer combien cela fait aujourd'hui, toute notion de temps a disparu. Peut-être que personne ne lira jamais ces lignes. En tous les cas, personne à Rottingrad ne les lira puisqu'elles seront bien évidemment interdites. Si cela devait filtrer, je finirais enfouie dans le magma, à l'extérieur de la ville.

Aujourd'hui, tout est sous cloche, nous en priorité, les habitants. Mais également les chiens, les chats, les poissons rouges, la moindre petite herbe gracile. Le minuscule insecte frémissant se cogne les ailes contre le verre pour s'échapper, s'épuise et s'effondre parfois, asphyxié. Cette fin terrible, c'est ce qui nous arrive aussi lorsque nous, humains, avons l'audace de nous élever contre une décision du Grand Centre Nerveux, le GCN. Simplement lorsque nous levons le doigt pour formuler une question, avant même de l'avoir formulée. Ils sont capables de lire dans nos cerveaux nos pensées les plus intimes. Alors la survie nous invite à ne plus penser. Même de cette liberté, nous n'en disposons plus.

Nous évoluons en silence, nous échangeons, dormons en silence. Dans les allées, nous nous déplaçons sous cloche individuelle, chacun dans sa voiturette de verre. Pour nous permettre de respirer, chaque cloche est reliée au grand cœur de la ville qui vrombit en permanence pour nous alimenter en oxygène. Vous comprenez ? un infime sursaut, une micro-pensée et schlack, le couperet tombe sur le tuyau et le sectionne. Nous finissons comme ce malheureux insecte, en une mort lente et douloureuse.

Tout a explosé il y a bien longtemps. En quelques semaines, notre monde a été disloqué. Une armée grise, muette, a surgi des ombres, de nulle part, s'est introduite dans chaque chambre. Les familles ont été séparées. Ils nous ont fait allonger dans de longs tubes. Individuels les tubes, blanc métallique, glacial. Nous étions nus sous une couverture d'acier. Des écouteurs sur les oreilles, alternance de marteaux piqueurs, de bip-bip incessants, stridents et de gémissements d'appareils de radiologie. Lavage de cerveau, nettoyage radical, incapacité à associer des pensées, perte des repères structurants, asservissement.

Combien de temps ce traitement dura-t-il ? Je ne sais pas. Fut-il très bref ? dura-t-il des jours ? des mois ? je ne sais vraiment pas. Nous fûmes évacués en camions, transférés vers la Ville Nouvelle, une ville inconnue bâtie à grande vitesse à ce moment-là. Un alignement de petites cabines cubiques, blanches, en rez de chaussée. Une cabine par habitant. Un petit jardinet artificiel : 3 m² de gazon plastifié, un transat en tissu rayé, un mini magnolia en fleurs toute l'année, un spray de parfum à l'ouverture de la porte d'entrée, un pot de géranium rose vif à la fenêtre. L'esthétique de la Ville Nouvelle réside dans ses larges allées bordées de tilleuls, Unten den Linden, vrais, eux. Soignés avec amour par les jardiniers du GCN. J'ai perdu la trace de mes parents, ma fille, mon frère, le chat.

J'habite à Rottingrad, nous sommes en 2065 d'une ère inconnue. Hier par hasard, j'ai cru apercevoir ma fille. Enfin, selon l'image que j'ai encore d'elle. Sous sa cloche, elle remontait l'allée, à contresens de ma route. Visage blafard, ses cheveux frisés, toujours. Ses beaux cheveux dans lesquels je jouais avec les doigts lorsqu'elle était enfant.

Pour elle, j'ai choisi aujourd'hui de fuir. Pour elle, j'ai espoir que fuir en entrainera d'autres. Qu'elle se glissera parmi eux, animée de la même espérance. Que de là-bas – d'où ? je ne sais pas – que d'ailleurs en tous les cas, je pourrai réussir à en sauver. De toute façon, ici, avec ou sans tuyau, je suis asphyxiée.

LE CORDONNIER
DE LA RUE SAINT ANNE,
TEMOIGNAGE D'UNE VIE

Dans les années vingt ou trente, au 14 rue Saint Anne, à Montpellier, tout près de l'église Sainte Anne, il y avait un cordonnier. Difficile d'être plus proche de la protection divine. Monsieur Cerulli, c'était son nom. En fait, il y avait le couple, Antonio et Marcella Cerulli.

Dans le flux de l'immigration massive de la fin du dix-neuvième siècle, ils avaient quitté leur petit village agricole de Cassalgrasso près de Moncalieri au sud de Turin, dans le Piemont. Ils étaient arrivés à Montpellier en 1913. Pourquoi Montpellier ? comme beaucoup d'exilés transalpins, ils ont cheminé le long du littoral, près de la mer, de ses cabotages, pour respirer, garder cet air de liberté que souffle la Méditerranée.

Antonio et Marcella ont fait partie de cet élan collectif dans lequel vingt-six millions d'Italiens en un siècle se sont aventurés sur le chemin de l'espérance. Des conditions de vie difficiles, la maladie et la famine surtout les ont précipités sur les routes de l'exil. Parfois par idéal politique ou par peur des représailles du régime fasciste des années vingt. Main d'œuvre dans l'industrie, cireurs de chaussures dans les villes noires, mais aussi orfèvres, ébénistes, tapissiers, menuisier, coiffeurs, tailleurs... Antonio était cordonnier, donner une seconde, troisième vie aux chaussures, voire l'éternité, tel était son travail. Antonio et Marcella sont partis parce qu'ils rêvaient d'un avenir plus radieux, d'un monde plus doux et plus accueillant.

De taille moyenne, plutôt rond, la barbe blanche, Monsieur Cerulli souriait avec une douceur un peu triste. Aux commissures des lèvres, tout le jour, il coinçait des clous. Il avait appris à parler avec eux. Entre son accent piémontais et les clous dans la bouche, il était parfois difficile à comprendre. Il avait le rire facile, la voix hésitante, intimidée. Il sentait le cuir qui a vécu, la colle poisseuse, la gomme arabique.

Son épouse Marcella était dotée d'une petite stature, maigre, fragile, sèche, rugueuse de prime abord seulement. Ils n'ont jamais eu d'enfants, sans doute parce qu'ils n'ont jamais trouvé d'avenir suffisamment meilleur à leur offrir, peut-être parce qu'il était trop tard tout simplement.

Lorsqu'un client entrait dans la petite échoppe, il se heurtait au vieux comptoir de chêne malmené par les coups de marteau sur les bottines. Derrière l'atelier, il pouvait deviner une petite barrière qui délimitait l'accès à la pièce à vivre, le salon – salle à manger – patouille – salle d'eau. Les plus intimes, cercle privilégié dont faisaient partie mon grand-père et par voie de conséquence mon père, savaient que le fond de cette cave était prolongé de trois petites marches qui menaient à la chambre à coucher, tout au fond, sans fenêtre. De toute façon la vitrine de l'échoppe constituait l'unique fenêtre.

Antonio et Marcella ont-ils connu beaucoup de moments de bonheur durant toutes ces années passées dans l'échoppe de la rue Saint Anne ? En tous les cas, Antonio était heureux lorsque mon grand-père l'embarquait dans sa voiture pour Sète, pour respirer l'air du large, l'air de la liberté.

RETIENS LA NUIT

L'appartement, aménagé dans un hôtel particulier, est vaste et donne tout près de la place des Cordeliers, dans le second arrondissement de Lyon. Cossu mais fané, la vie l'a déserté totalement lorsque les enfants sont partis. Les parents, eux, sont toujours là ; leur couple est à l'image du lieu, enfoncé dans un morne silence.

Une quarantaine d'années qu'ils partagent ce lieu, la même chambre, le même lit, le même lavabo et le miroir de la salle de bain.

Ils sont sans âge, pas spécialement ridés, pas vraiment de laisser-aller non plus. Lui a gardé une belle stature fine, il se tient droit, un peu trop raide à la limite. Le dimanche, il porte encore un pantalon de flanelle et un gilet sur la chemise fraîche. Il passe les fins d'après-midi à rêvasser à la fenêtre du salon, laissant courir un regard distrait sur les pavés en bas et les façades de pierre, dorées par le soleil couchant.

Elle préfère s'enfoncer dans le fauteuil en cuir. A 18h, elle a déjà revêtu une nuisette et s'absorbe dans la lecture. Ils ne sortiront pas de toute façon, c'est dimanche soir. Ils dineront d'un sandwich-club, chacun passera au lavabo. Tout cela sans bruit, sans échanger plus de trois mots.

Sont-ils déjà morts avant l'heure ? Sont-ils morts depuis toujours ? Ou bien ont-ils, avec le temps, acquis une force qui leur permette de résister ? A quoi ? A la finitude du monde ? Ont-ils compris que le mieux est de ne rien espérer, ne rien attendre, prendre ce qui vient, simplement ce qui vient ? Et finir dans la poussière grisâtre de cet appartement sinistre, de cette relation sans échanges, le teint crayeux, l'esprit las, résignés et vaincus. Croyant que c'est le seul moyen pour durer ?

Pourtant, lui, dans son silence, est en dialogue permanent, en lutte incessante. Et chaque dimanche soir, il est au supplice. Pourquoi spécialement ce soir-là, d'ailleurs... entre chiens et loups, ce moment où la mélancolie et l'angoisse se percutent, dévastatrices. Les angoisses du dimanche soir...

Bon sang, même le chien vagabond, pauvre vieux, qui erre et bouscule les poubelles dans la rue, est mille fois plus vivant que lui.

Prendre le train, se barrer loin, très loin, sans destination, suivre les rails à pied. Ou alors retrouver Jo, la jolie frimousse de Jo, son collier de perles en bois rouge, ses pinceaux. Jo, c'est le soleil, Jo elle explose de vie. Ah le rire de Jo lorsqu'elle arrêtait brutalement sa vieille Simca au bord de la route, parce que là-bas, au loin, oui tu la vois, Fred, cette lumière, posée sur les alpages, les caressant, la vaste prairie soulevée par la brise ? L'impatience née,

Jo. Même pas prendre le temps d'installer un chevalet dans le champ. Non, là, dans la voiture, comme on fait l'amour sur la banquette, elle saisissait l'image fugace, sa toile en équilibre instable sur les genoux. Et le tout dans un fou-rire. Dix minutes et le moteur redémarrait, la radio leur crachotait la chanson de l'été. Lui, son tube préféré, c'était « Retiens la nuit, pour nous deux jusqu'à la fin du monde... Serre -moi fort, contre ton corps... le grand amour, raye le jour et nous fasse oublier la vie ». Ah Fred, putain que tu es mélancolique, même dans le bonheur. Là, à sa fenêtre, quatre décennies plus tard, il le réalise enfin. Jo tu l'as plombée. Forcément, elle t'a quitté. Elle aimait la vie, à mille volts, elle la prenait à bras le corps. Elle allait, animal fougueux, inspirée par son désir du jour et son tempérament de feu.

Ah Fred, reconnais qu'elle te manque, la jolie Jo. Le dimanche soir spécialement. Après, dans la semaine, emporté par la régularité métronomée de ton organisation, tu survis. Oui tu souffres, tu la désires, tu souffres et tu es en vie. Allez, lâche, quitte ton gilet de costume trois pièces, déshabille-toi, oui mais pas trop vite... ôte toutes les couches dont tu t'es recouvert depuis le début, depuis avant le début même. Maintenant, vas-y, lance-toi, respecte la vie mais jouis-en ! Plonge !

CORRESPONDANCE
AU FIL DE L'EAU

8 mai, Souvenirs, souvenirs

Jane, ma chérie, je t'avais promis de te donner régulièrement des nouvelles. Après dix jours de navigation sous un soleil de plomb, j'ai jeté l'ancre dans une petite crique près de Split, en Croatie. Un paysage comme nous les aimons, toi et moi, des pins, du soleil, des rochers et une mer cristalline. J'ai vécu ces journées de traversée en solitaire avec Hemingway que j'avais emporté dans mon sac. « Iles à la dérive » .... Je sais que tu ne l'aimes pas. Je te rassure, j'ai résisté à la tentation de faire le plein de whisky avant d'embarquer !
J'ai abandonné le voilier quelques heures pour m'allonger sur les pierres chaudes contre lesquelles les vagues viennent s'échouer. J'ai somnolé un peu, bercé par le ressac. Un moment, fixant des yeux l'eau transparente, je me suis

retrouvé comme pris d'un vertige. Tu te souviens, lorsque nous avancions tous les deux sur le plongeoir ? Tu prenais ma main, nous tremblions de peur, d'excitation. Nous marchions jusqu'au bout de la planche glissante, nos orteils s'agrippaient au rebord. Ne pas se lancer trop vite... d'abord nous fixions l'horizon, un bref instant, une respiration commune, et nous portions notre regard vers les abimes, là-bas, dix mètres plus bas. Vertigineux ! Dans la lumière crue de l'après-midi, le liner de la piscine renvoyait les tremblements de l'eau. Les corps harmonieux des plongeurs précédents glissaient jusqu'à la rampe de sortie, leurs éclats de voix nous parvenaient, assourdis. En haut, le soleil nous chauffait la peau, nous poussant à fuir le bois brûlant. Dans un cri de sioux, nous prenions notre élan et sautions dans le vide. Dieu, trois secondes de chute à 70 km/heure ! Nos tripes remontaient, nous pissions parfois dans le maillot. Et puis, brutalement, le contact à la fois brutal et délicieux avec l'eau glacée, son bouillonnement et, enfin, la descente, comme en apesanteur. Collés au fond, nous effectuions, victorieux, un tour de piscine et glissions à notre tour vers la rampe pour remonter en toute hâte, les poumons à vide.

Je t'embrasse   Jon

15 juin, je les ai vues !

Après Split, j'ai poursuivi ma route vers Chypre. J'ai longé la côte albanaise, le Péloponnèse, contourné la Crète par le sud et j'ai tiré droit sur l'Est vers le Cap Arnaoutis. Au village, j'ai chargé d'air ma bouteille de plongée et dirigé le voilier vers le lieu du naufrage. Comme toujours le rituel de la plongée, tu le connais : placer le détendeur dans la bouche, ajuster le masque et basculer en arrière dans l'eau limpide. Tout doucement, j'ai glissé le long du filin, entendu le léger sifflement de ma respiration, tranquille. J'aime ce moment, lorsque je m'enfonce dans l'eau et que, au fil des mètres, le poids sur le corps se fait plus dense, plus lourd. Je distinguais l'épave, quelques mètres plus bas. Soudain, les poissons curieux qui m'accompagnaient, se sont dispersés. Plus personne. Un léger stress a enserré ma poitrine, j'ai cherché de l'air et porté mon regard vers le fonds. Mon Dieu quel spectacle, Jane, si tu avais pu être à mes côtés : ils approchaient du pont, deux monstres gigantesques, mi-homme, mi-poisson. Leurs corps, démesurés, étaient recouverts d'une peau semblable à celle d'un requin et irisée d'un agrégat de taches jaune orangé, les épaules étaient larges, massives. A mi-jambe, chaque cuisse se terminait par une longue nageoire fine, légère, dentelée, qui dansait voluptueusement sous l'effet turbulent de l'eau qui s'agitait. J'étais paniqué, j'étais fasciné. Je ne pouvais détacher mon regard et me suis immobilisé, respirant le plus lentement possible. Les deux silhouettes se sont faufilées à travers l'épave et enfoncées dans l'obscurité abyssale. Jane, ce n'est pas la narcose des profondeurs, ce n'est pas un délire éthylique, je te le jure ! je les ai vues, ces créatures mythologiques !

Quel bonheur ! Quel effroi !   Jon

8 juillet, l'ultime ?

Jane, je dois t'avouer, le poids de mon ennui m'est devenu insupportable. Il m'aura fallu ce temps, la vacuité de ces voyages, de ces paysages beaux, linéaires, platement linéaires et surtout l'électro-choc lorsque j'ai croisé ces deux êtres fantastiques, pour le réaliser enfin : J'avais vécu toutes ces années pour cet instant-là, j'avais atteint le sublime.

Je te demande sincèrement pardon. J'ai lancé le voilier vers le Cap Horn au bout de la Terre de Feu, vers les cinquantièmes rugissants. Là où la terre est inhospitalière, les vents d'une violence extrême, la mer démesurément déchainée et glacée. Les marins disent que, « sous 40 degrés, il n'y a plus de loi, mais sous 50 degrés, il n'y a plus Dieu ». Je vais pouvoir me confronter à moi-même, il était temps. Ainsi va la vie Jane, prends soin de toi.

Je t'embrasse   Jon

CONTINUUM

Poussez Madame, poussez…. et la lumière fut.

Au commencement, parait-il, était le néant. Au commencement, peut-être, était le rien, le tout. Au commencement était l'absence de commencement et de fin. Au commencement n'existait donc rien, sauf l'éternité, l'unicité, innommable et indescriptible. Et puis, il y a 138 milliards d'années, se produisit une explosion, qui dit Bing, qui dit Bang, qui dit BOUM ; le tain de l'unicité se lézarda bruyamment ; les rides coururent sur le plateau énergétique. De possiblement tête d'épingle, l'univers s'expandit en un clin d'œil, devint gros et plus froid : Les particules de lumière s'étaient échappées du magma originel. Et la lumière fut. Ce fut la première rupture connue.

Poussez Madame, poussez... et la vie apparut.

D'abord tourbillonnèrent, autour de la masse solaire, du gaz, de la roche, du métal. Ce petit bout de terre entra en collision avec une autre protoplanète et la lune naquit des bras de Théia, titanide, fille d'Ouranos, le ciel, et de Gaia, la terre. Tout cela n'était encore que matière sèche, pas même fécale quoique déjà mythologique. Puis ce fut le grand bombardement de météorites, une pluie noire, l'eau s'infiltra partout et la vie apparut. Comment ? Va savoir ! Il y a 3,8 milliards d'années, la terre mit au monde la première bactérie, le premier organisme unicellulaire, la vie. Ce fut la deuxième vraie rupture.

Poussez Madame, poussez ... et Cain fut expulsé du liquide maternel.

Alors, là, on accélère, on brûle les étapes et on passe au paléozoïque avec la faune, la flore, pour sauter avec bonheur dans le jurassique, premier grand parc d'attraction connu, peuplé de diplodocus de 27 mètres, un peu lents et plutôt cons à ce qu'on en sait : le petit organisme unicellulaire s'est divisé depuis bien longtemps. Nous sommes à -150 millions d'années. Vers -3,5 millions d'années, l'un d'entre nous foule le sol tanzanien. Toutefois, pour les sceptiques de l'origine scientifique de l'homme, nous remercierons l'intervention divine puisque Dieu « forma l'homme de la poussière de la terre, il souffla dans ses narines un souffle de vie et l'homme devint un être vivant » (Genèse 2:7). Mais Adam, s'ennuyait ferme dans son jardin luxuriant, ce qui prouve bien l'instinct grégaire de l'espèce humaine. Alors Dieu lui offrit Eve, la tentation et pas de vêtement. Total, le couple fut expulsé du paradis et neuf mois plus tard : poussez madame, poussez... Cain fut expulsé du liquide maternel.

Le cordon ombilical fut coupé. Ce fut la troisième vraie rupture.

Poussez Madame, poussez... et Abel émit son premier et son dernier cri.

Toujours nus comme des vers, Eve et Adam, forcément, commirent au moins une seconde fois, Adam coupa un deuxième cordon. Aujourd'hui on estime à 108 milliards d'hommes ayant vécu sur cette terre, cela en fait des cordons coupés. A l'époque, ils n'étaient que quatre, ce qui, somme toute, est peu mais suffisant, hélas, pour créer un vrai capharnaüm. Il y avait un frère de trop, le puiné visiblement. Parce que Dieu préféra l'hécatombe de moutons d'Abel à l'offrande de fruits de Cain, ce dernier éprouva une jalousie féroce et tua son frère.

Ce fut le début de toutes les ruptures, de toutes les déchirures de l'histoire de l'humanité. Ce fut le début des grands emmerdements.

D'aucuns disent que Dieu n'exigeait pas la perfection mais qu'il comptait sur l'intervention humaine dans la transfiguration du monde.

Combien a-t-il dû déchanter !

L'AUTRUCHE ET L'OIGNON
FANTAISIE GASTRONOMIQUE

Avant‑ hier, la terre en Italie a tremblé
Des villages entiers ont disparu
Et moi, dans ma cuisine, j'ai pris un oignon

Le jour d'avant, une balle minuscule tirée dans une petite bande de terre nommée Gaza
Avait mis le monde à l'envers
Et moi, dans ma cuisine, j'avais pris la planche en bois

Quelques temps auparavant, une explosion avait irradié le ciel japonais
Depuis, là‑bas, les enfants ne poussent plus comme des champignons
Et moi, dans ma cuisine, je feuilletais mon livre de recette

Hier des caricatures ont monté les hommes les uns contre les autres

Combats de religions aveugles
et d'hommes borgnes
Et moi, dans ma cuisine, j'ai
déshabillé l'oignon
Je lui ai ôté sa seconde peau,
délicatement rosée et douce
J'ai pris le long couteau aiguisé et j'ai
tranché sa chair ferme,
Je l'ai coupé finement, en julienne et
je l'ai fait revenir doucement

Ainsi, d'année en décade, de siècle
en millénaire,
D'holocauste en inquisition, de viol
en génocide
La terre continue de tourner

Et moi, dans ma cuisine, je fais
des plats, des plats et encore des plats
Je sens l'oignon par toutes les pores
et je pleure

A table !

Aujourd'hui
Filet d'autruche
sur son lit d'oignons doux

Remerciements

A Danièle et Jacques Folgado, qui m'ont embarquée dans une aventure théâtrale et permis d'apprivoiser les mots, de jouer avec l'imagination. Ils m'ont poussée, avec un bonheur partagé, dans une zone d'inconfort et d'inconnu.

A la folle équipe de l'IncoRigible, cahier d'écriture où le farfelu est bienvenu.

TABLE

Le train fantôme ... 5

Cruelle histoire ... 9

Même l'espoir ...12

Lorsque l'enfant parait ...15

Vacances à Tadoussac ...18

Mon aventure amoureuse ...21

Un mort bavard ...24

Prière de femme de marin ...28

Du rififi dans la salle de jeu ...31

Dialogues improbables ...34

Chicago, Albuquerque ...37

Je vous salue Anna ...42

Déroute sur le terrain ...47

Requiem for a dream ...49

This land is mine ...53

High noon ...57

Sous cloche ...60

Le cordonnier ...64

Retiens la nuit ...68

Au fil de l'eau ...73

Continuum ...79

L'autruche et l'oignon ...84